樂府

·

心里满了，就从口中溢出

yesterday i was the moon

昨日我是月亮

[巴基斯坦] 努尔·乌纳哈 著绘

三书 译

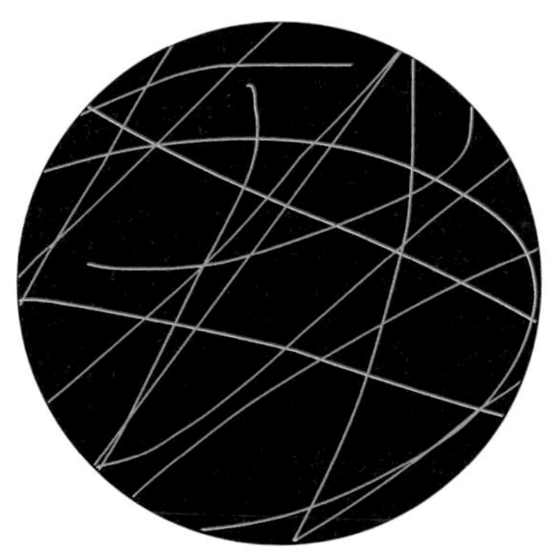

献给

安玛·雅安和阿瑞芭

DEAR READER,

THIS BOOK IN YOUR HANDS IS A HISTORY OF FRAGMENTS LEFT BY A BODY ONLY MOVING FORWARD, ENTWINED WITH RELIGION AND PERSONAL GROWTH. IT'S A MEMOIR IN VERSES, A HOUSE LEFT IN PIECES AND A HOME GEARING UP TO BE REBUILT.

LOVE,
NOOR

亲爱的读者：

你手上这本书，
是一个不断前行的身体留在背后的历史残片，
它们和信仰以及个人的成长纠缠在一起。
这是一本用韵文写成的回忆录，
一座破碎的房子，一个渴望重建的家。

爱你的，努尔

“还要多久，”他们说，“还要多久，哦，残忍的民族，

你们踩在孩子的心上，操控世界——

用掌钉的鞋跟扼杀他的心跳，

踏过市场登上你的王座？

我们的血向高处飞溅，哦，暴君，

而你们却紫袍加身。

但是沉默中孩子们的哭泣，

是比强者的愤怒更深的诅咒。”

{伊丽莎白·巴雷特·勃朗宁《哭喊的孩子》}

HERE
IS
THE
START

昨日——我是月亮

今天——只是月食

某样东西在我身体里旅行，有时朝着

黑暗

有时朝着

光明

我在建
一座房子

它的地板
由力量铺成
它的墙壁
由雄心砌就
它的屋顶
是宽恕的杰作

我在建
我自己

我母亲的名字

可以译成

“女人的太阳”

她给我取名

noor unnahar

“白昼之光”

我闪耀，当我愿意

我燃烧，当我必须

太阳将我命名为光，我知道

如何住在天上

与晦暗和群星一起

{太阳 太阳城}

DON'T BURN
YOUR
DREAMS

我是之前的

女人们留下的

未被说出

未被听见的

不幸的

愤怒

所以我写得很多

说得很少 语气坚定

我赋予那些从未从她们口中

说出的词以生命

我想要星辰、力量和灵魂的平衡

自从上次它们和我在一起

已经过了好久

致想要与我

坠入爱河的那人

我平生是天空

充满生命、闪电和愤怒

如果你没有载雷雨来

那么干脆不要来

16

没有什么比这三样

教会人更多

畏惧，眼泪，年岁

{金三角}

学会输

然后

它将教你如何

去赢

我嫉妒太阳

在你那边闪耀光芒

当你们站起，一切

都更明亮

20

在这层人类的皮肤下

我一半战争

一半和平

人们离去
因为
不像物质
分子
稳定，坚固，结实
人是由
风，火，土，水
构成，
它们变形
移动
无法停留

那么让他们走
让他们成为
他们想要的事物
他们喜欢的形状
因为
最终
你也将长成
某种全新的
事物
那么让他们走吧

愿望清单：

1. 巨大的勇气
2. 宽恕的力量
3. 充沛的精力
4. 无尽的善意

你是

战争后的和平

风暴后的宁静

悲剧

之后形成的

一切

疯狂的美丽

早上 5:30

醒来

拂去我的罪

天空犹在沉睡

宁静问候我，晨祷

下午 1:50

做完杂务

我在一块垫子上找到安宁

懊热在街上漫游

祥和降临到屋子，晌祷

下午 5:40

我即将饮茶

而成功等在

拉卡特* 四祷中

此刻太阳温驯，后晌祷

---

* 译者注：拉卡特，rakat，穆斯林向真主安拉祷告的一种方式，由规定的动作和祷词组成。在斋戒沐浴之后，共分四步：静立诵诗、躬聆神谕、五体投地、静坐默想。

傍晚 7:00

光在消逝

鸟儿飞去

回到它们温暖的小巢

我为家人而祷告，晚祷

夜晚 8:30

窗外

星星明亮

闪闪发光

我站着弯腰默诵，夜祷

这就是

我如何

一天五次

真正地、热烈地、绝对地

活着

{礼拜}

IT IS ONLY
A MATTER
OF TIME

下午 4:12，五年前，你更年轻

你在等一个奇迹发生，为了

改变一切。但这世界

并不像看上去那么大方，而且对于那些

等候奇迹的人总是没有奇迹。然而

是的，它的确朝愿意向前迈步并敢于

直视人生的人伸出了一只手，

赋予他们应得的那份。

{你是个奇迹}

只需凝视

他们的眼睛

一两秒

你就会明白

你是在家里

还是又一个

不过布置完美的房子里

当你跌倒

尽量荣耀

像玻璃大楼那样倒塌

像巨轮那样沉下

而当你完成了

下沉和倒塌和

下沉和倒塌

重建自己

用你的残片

NO SOUNDS LEFT

ONLY EMPTINESS

我每天走在两座桥上
一座亲切，像我的母语
另一座可怕，像外语
嘎吱作响
在两座桥之间
我的灵魂分裂
我做不到不带口音
母语与我肌肤相亲
也做不到不去说
这门外语
因为它帮助我
活下去

{双语}

你将不得不学会

这门艺术：

失去，选择，拒绝

以赢得我们称之为

生活的游戏

一些房子魅影重重但它们并非
总是住着鬼魂。有时一些
记忆鲜活地住在那里，它们无名
无相的忧伤开始弥漫而那些
支撑起房子的墙壁开始倒塌。我
走进这些房子只为目睹
一个伤感的过去，一个枯萎的现在和
一个沉默的未来。那些房子承载着
死去的梦，或许还有破碎的心
因为上帝知道还有哪儿
能找到如此多的悲伤
以致将一栋坚固的大楼
变成凌乱的荒芜。

{没有游魂的房屋}

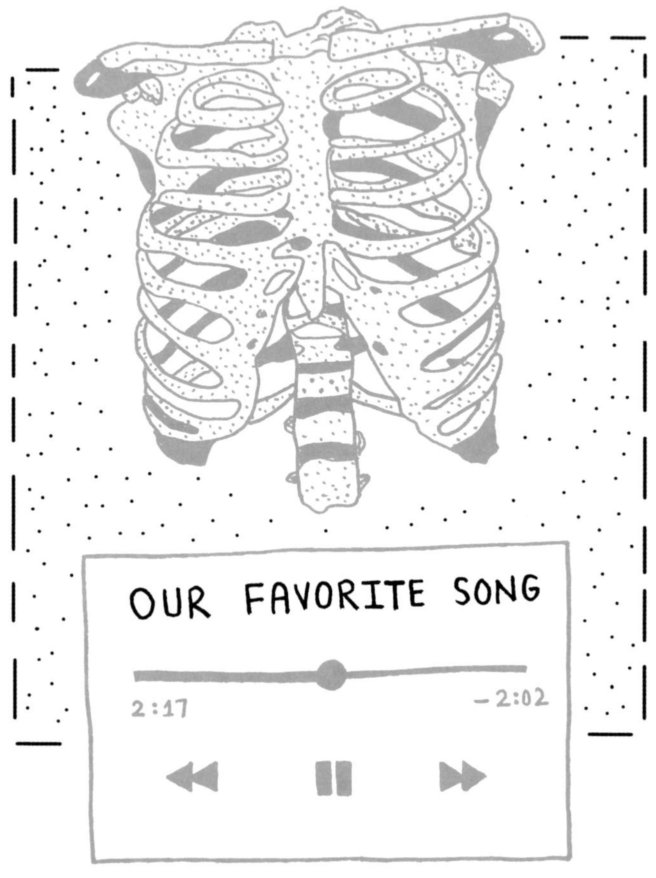
OUR FAVORITE SONG
2:17
-2:02

我们一无所在

又无所不在

我们属于大都之

明衢

属于荒僻之

暗巷

它们的名字很难读

而我在想

这是否因为

自从上次回家

时间已过了太久

{**流浪者**}

火的愤怒
锻造金属
作家的忧伤
创造诗
一切美好的事物
并不总是始于
美好

我太害怕

灵魂一如故乡之人

温暖，包容，太过友善

即使你离开，即使你正当离开

他们总是欢迎你回来

他们记得你的姓

我太害怕

太像家的事物

当我呼出的每一口气

都形似离别

{太害怕}

IT'S ALL GONE

像野花那样
生长
人们不会留意
因为它们闻起来不太精致

当你知道你已
长成某种
惊人而美丽的事物时
帮助那些
像野花一样
闻起来不那么精致的人

你让我想起我最喜欢的大都市

闪光，响亮，而当灯光熄灭

便萦绕着悲伤

你的自信，一栋受欢迎的摩天大楼

你的忧郁，一个衰老的孤儿

你的愤怒，一阵暴乱

你的眼泪，一场不速而至的暴雨

我对你感激不尽

因为你提醒了我城市也有呼吸

而人类也有一颗混凝土的心

{我最喜欢的大都市}

何其轻松

当你谈到摧毁

建筑

植物

人

但是我希望你记住

他们全都能重建

以最微小的残片

◑ 耶。

这难道不是
美得令人窒息吗?
你学会了如何
从久已
死去的记忆里
种花

你于我如同一座博物馆

稳固地站在混乱的城市
在一片喧嚣中保持平静
并知晓你里面住着的
全部艺术

有些男人膨胀到我们的房子再也容不下
任何不是男人的人看上去
只有他们的脚一般大
你还不如我一只鞋呢，这话听起来
比实际上要好笑
他们希望我们萎缩——变成一幅画
装进精美的相框挂在墙上
但是
我们知道如何从他们抵押的梦中
建立起家庭
而一旦我们离开
他们的房子就会坍塌
到那时他们就会知道
我们和天空一样辽阔而
他们的脚看上去比实际还要小

{当女人变成天空}

WHERE COULD
WE GO ?
WHERE
COULD WE GO ?

我的梦想如今像矛

我不得不将它们倒握在手中

握得太紧，我会流血

太松，它们会掉落

有时候，我是一面胜利的旗帜
稳稳地站在熟悉的土地上，我的脸上
没有一丝褶皱
风带给我骄傲和
来自外国的瞩目
但这样的日子不会停留，然后
到来的是一面失败的旗帜
荣耀全无，我站成一个象征
表明时间能做的事情
接着又一阵风
带来新的胜利者
带来新的受害者

{旗帜}

你是我生命中

最嘹亮

最明媚

的色彩

我的画笔

拒绝工作

当你的阴影不在

{当艺术家坠入爱河}

52

有时我的话语

变成一堆碎玻璃

它们不会出来

除非带着疼痛，滴着血

我忘了如何言说

{困难}

历史
我想把它倒映在我的眼睛里
回响在我的话语里
生长在我的肌肤上
因为镜子需要了解
我来自哪里
到过哪里
以及正要去哪里

我和天空

共享一份遗产

我们都懂得如何背负

没有回应的祈求和

尚未落下的泪水

{天空和我}

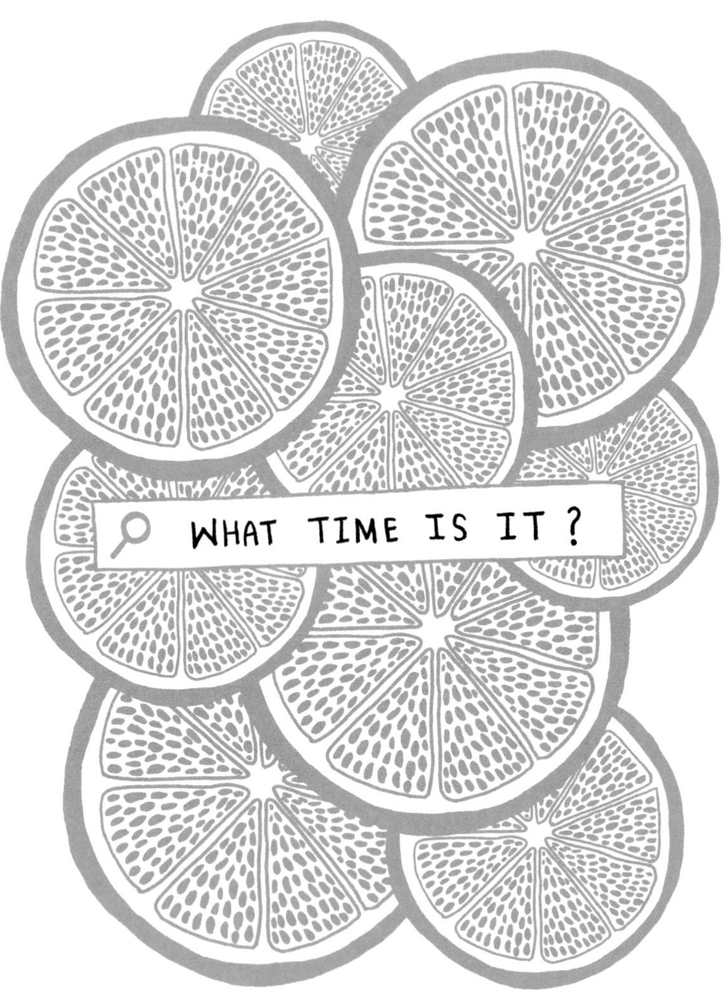
WHAT TIME IS IT ?

破碎

但平静

我是战后城市里的

一栋大楼

{幸存}

你是月亮

世界是

一匹孤狼，它朝你

哀嚎

因为你充满光辉

如此不可企及

不，我宽恕你
不是出于爱
怜悯或慈悲
我宽恕因为
我知道我可能
需要被某个
和我一样的人宽恕

而如果我吝啬
不给予你宽恕
日后
那个和我一样的人
也将吝啬
不给予我宽恕
那将
杀死我

{宽恕}

HURRY
HURRY
HURRY
HURRY

这难道不是绝对

骇人，震惊

不可思议吗？

词语

那些细碎的声音

在这充斥化学物的空气里

那些无形怪异的符号

在空白的纸上

怎样塑造或击碎

呼吸着的活人

刺入他们的心脏

不费一戈一矛

从他们安稳的双脚

将其推倒

从他们习惯站立的地方

掠走土壤

词语，它们微小而强大

因此好好使用

你的词语

我头上的一片布

尖叫着一个身份

比任何文件上

印着的文字都更响亮

甚至外面的天空也知道

我的出身

{头巾}

没有关系

如果你因愤怒

或悲伤

或又悲又怒

而燃烧

就让自己崩溃吧

这是必要的

你将学会

凤凰如何

涅槃

当它们燃烧

并从灰烬中

重新站起

HAVE YOU FORGOTTEN????

在我的胸腔里

有一场飓风

那里曾经

是一颗心脏

{改变}

我的骨头

每次战前都承载

同样多的混乱与冷静

我听起来像

跌倒后的和平，我站起

一部杰作形如飓风

勇敢曾是睡前

母亲唱给我的摇篮曲

缠结在她的话语里

它一直是个知己

我默默哼吟，它尖叫

在我拥挤于人群的身体里

IT WAS NECESSARY
SUPER LENS

我应当成为一座城市

街衢熙攘华灯闪亮

但我想要成为一座房子

充满温暖的阳光

和令花瓶优雅的干花

如今这些我都不是，而是

一具前进的髑髅

每天都有什么在

建造和坍塌

我更喜欢这样

{前进中的作品}

教你的心

怎样才能不像玻璃

打碎，一个优雅

美丽的悲剧

用力量和勇敢之火

锤炼它

叫它不那么

易碎

{心灵生存术}

艺术无需
完美
诗意
准确
它要存在
呼吸
成为

艺术向来如此

世界上最美的东西并非
由粒子构成。它是那些
目睹自己世界崩塌的人身上的力量，
他们挚爱过的一切被碾成千万碎片。
然而每天早晨，他们醒来重建
他们的生活，从头再来。哀悼所失
平静而沉默。我从未见过
比这更惊人的美。

离去的代价

是全部

你返回的不再是那个地方

而是回忆，无声无息

家变成另一座房子

人变成另一个名字

而当你离开

城市就变成另一个地理定位

祖国赋予我的语言
有许多柔软的角落
感觉像糖含在嘴里
而我学习的语言
是蜡，它经常熔化
烧痛我的嘴
让我的词语
无声
无形
无助
我只好听上去
像个身份不明的人

{口音}

在会计班，我们学习如何
做资产负债表。在那些课程里
借与贷必须相等
你的资产负债才能平衡。
这很美，一切持平：
花费的，积攒的，获取的。
这个观念让我爱上了平衡。
于是我学着在生活中去平衡
正如资产负债表上那样。
如果我撒了个谎，我下次就必须
说出一个苦涩的事实。如果花钱超出预期
下次我就捐些钱给慈善。
如果说了什么不太好的事
下次我就专门说些特别好的
我学会了为我所做的付出
代价。我学会了创造平衡。

{创造平衡}

昨夜，我悄悄地
对宇宙说了声谢谢
感谢它创造了海洋和星辰
并将其美丽平等地
赠予了我们每个人
我与那些我爱的和失去的人
呼吸同样的空气
他们的存在仍然
包围着我而正因如此
孤独不知如何将我擒获

{给宇宙的感谢信}

家在低语：

“你去了哪里？”

我只好说：

“离开，为了寻找你。”

YAY

EVERYTHING CHANGES

当一切崩塌

我希望你的脸上还有

一点点笑容

因为结局临近

而开始更近

待你的过去以优雅

现在以真心

未来以欢喜

当此三者

被小心地结合在一起

没有什么比这更熠熠生辉

你问我
如何创造艺术
我用所有
复杂，闪亮，煞有介事
的词作答

但真相
不是这样
我从未创造艺术
我只是把那些飓风
啜泣，仇恨，故事
带到白纸上

而这看上去
有点儿像
艺术

SOMETIMES
SOMETIMES

爱上城市是危险的。
它们会以壮丽的落日
令人眩晕的摩天大楼以及
点亮整个天空的轮廓线来欢迎你。
但是当它们生气，
它们将燃烧自己引发骚乱
在大街小巷乱窜。它们
将提醒你如果你爱一座
亮灯的城市，你将不得不爱它
即使在它着火的时候。

你不仅仅是一个 she

或者 her

让你的名字听上去

像俗世之外

极骇人、美丽的

某种存在

{亲爱的女人}

有时清晨

故乡在我身体里呼吸

我的头脑：混乱如那里的堵车

它让我想起我怎样说过

“谁先离开谁就自由”

但是离开一座城市

并不意味着它也会离开你

它的名字永远和我同在

而我永远和一个没去过的城市同在

直到我去了那里

我会返回请求月亮

和我一起死亡，那最先看见我的光

也必将看见我的最后

别担心

人们

他们和你

一样有血有肉

一样呼吸

一样在地球上行走

那么有什么关系

既然

你是他们而他们是你

宇宙是个伟大的作家
远在我们存在以前
它把你的名字写进
我的星星里
时辰一到
它们就点亮你的道路
引领你径直走向我

{结婚}

你想了解我创造的艺术和
文字背后的忧思但我没法
告诉你那些阴影和词语如何又为何
来到这脆薄优雅的白纸上
因为有些事并没有什么
故事而艺术家只是把他们的眼泪
血汗倾洒在画布上唯有如此
才能保持艺术的鲜活即使没有
故事告诉你为什么因为如果艺术需要
解释你就会知道一切
多么空虚，从创造到那创造的
心灵

{艺术家和他们的艺术}

THE
GROWING
ACHE

破碎的家庭制造

行走的，说话的战争

那里的居民

要么砌自己的城堡

要么做自己的废墟

距离变成

一个名字，一个活物，一个呼吸着的悲剧

当两个人分开

不是被城市或国家或大陆

而是被无话可说

被太多的沉默

某天

某件事

糟糕，彻底，可怕地

错了

又一天

一切

又都挺好

我们的生活

摇摆在

那一天

和某天之间

那你为什么还要

每天

担心

PEACE

当你听见
心碎到来
别关门

请它进来
给它沏一大杯
你最爱的热茶

问问它为何而来
问问它想要
怎样离开

让你的心碎知道
它这回
来错了地方

这里住的人不再
害怕那些
曾叫她心碎的事

{心碎}

不，你不必

一直

这么好

尖叫，打破，粉碎

直到你倾泻出了

所有你不得不咽下的话

所有让你血液结冰的痛

所有粘在皮肤上的担忧

当你完全

释放了自己

去吧，去做个好人

{做好人之前}

悲伤

1

它在我爱过却一去不返的城市的空气里。它是
离别的气味。

2

它是变形者。它像一张我不想记住的脸。又突然变成
一张我无法忘记的脸。一个狡诈的演员。

7:15 PM
CARE

当你失去一切，
张开双臂迎接失败。
温暖、坚定、快乐地和它握手。它已教会你
所有你不该做的事，如果下次
你想要成功——拥抱它。失败并不
象征你的虚弱，它们从来都不
也永远不会。它们是奖章，
你得挂在客厅让世界
看见，人们就会知道你从哪里来，
因为最终成功和失败同为一体，一个赢了
战争而另一个知道
如何赢。

{ **接纳失败** }

下次若有人问
我那闪闪发光的自信
是否因为
我家的男人都太慷慨
我会告诉他们
在我的成长中没有男人
只有女人
她们走路优雅
手中的炒锅与火共舞
她们说话大声，目光更响亮
由智慧和历史织就的
我家的女人们，有裹在丝绸里的
玻璃和爱的形状
她们教自己的孩子说话
友善而坚定
因此当她们说话时
她们毫不畏惧

{我家的女人们}

当疼痛袭来

把它写在纸上

用心伤

挽救你的艺术

LOOKING FOR HOME

你怎敢把一栋砖砌的建筑

称作我的家

家是舒适的

由我母亲的话语建造

家是一件艺术品

挂在我姐姐的墙上

家是所有那些

让我的心感到自在的人

你有一张
风和日丽的脸
你的话语
也嗅不出任何鄙夷
而你的存在
让我想起
日落与潮汐
然而
你仍想知道
要怎样才能
叫我为你
这样的人
坠落

我逃离

原谅并忘记

人们

因为我里面这场飓风

要么摧毁

他们所有

要么拯救

我的全部

而我

选择了我

你已离开了

这么久

在我梦里你看上去像

宵禁城中一栋孤独的建筑

{缺席}

坚强

不只是一个词，它是一种恭维

我们这一代女人

别无选择

除了坚强

唯此

才能活命

我对抗

失去

创伤

以及一切带给我疼痛的东西

因为我不想

照镜子时看到

悲剧从里面将我凝望

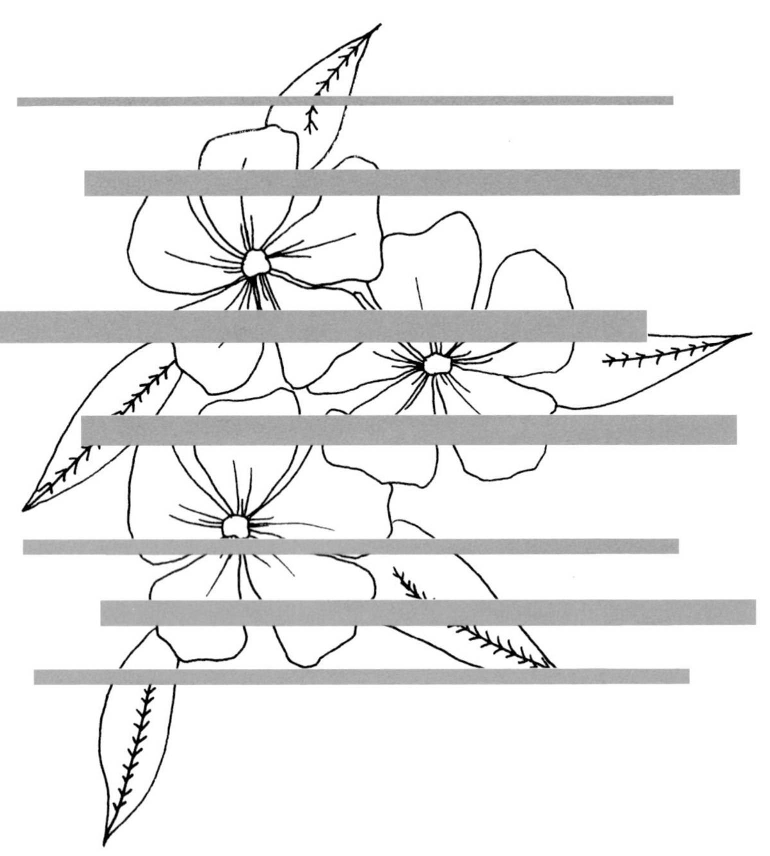

没有大火
能够摧毁那些柱子
你把自己建在上面
以耀眼的才华
以惊人的勇敢

落日看上去像染了色——仿佛
忧伤的调色板被泼了上去。
是的，如果忧伤有颜色，它们会是丁香
混着粉红和一些淡白
就像傍晚的云朵。
我想它是一部杰作
大自然的一种分享
在行将结束的一天，
每一声啜泣的低语飘上天空。
但在那之前，它最后一次
在地球的画布上留下它的色彩。

{低语的颜色}

我在为自己搭建

一个未来

它闪耀着我没见过的

城市之光

展览着我颤抖的双手

创造的艺术

它看起来像一切

我没写过的诗

{未来}

KINDNESS
POTION

保持善良

因为这是

很多人

永远不会有的

金属在火中激撞

这就是我如何与愤怒

战斗

熔化

和解

你说你会永远留在我身边
但这个永远是否包含了那些时候
当我是一场地震，
撕裂我自己的存在——
埋葬我自己的城市
因为
我不想“永远”这个词的声音
和“幸存”这个词的声音
在同一空气里，如果它根本
就不想在那儿的话

EMOTIONALLY
UNAVAILABLE

亲爱的

自我发现并不总是

以最舒适的方式

你将不得不燃烧，学习，渴望

那些意外的，超常的，未知的

我背负着

先人们的

故事

悲伤

胜利

我既是一座纪念碑

也是一座未来的摩天大楼

自同样的骨架上升起

{姓氏}

带着内心的闪电

与艺术的忧思

在你不完美不可预期的生活中

有某种

完全、彻底而令人满意的

完美

TOO
MANY
WORDS
TOO
MANY

我奔赴战场

与词语作战

直到其中一方

流了足够的血

以接受失败，写作

从不容易

时间在我皮肤上

织了一层勇气

我要把自己整个脱下

在它被拿走之前

{承诺}

善人主宰着

这个世界

他们不知道

自己一个小小的微笑

如何拯救了许多生命

128

我想要更多的旅行。在一千个
别的理由之外，我想用旅行来想家。
我想在另一片土地上思念
故乡的食物，思念
祖母又热又香的奶茶，思念
我家草坪上稳稳站立的
九重葛。我想出门旅行
以便能够返回，能够给它
应有的爱。我想离开
只为返回时
才明白我曾忽视的一切
都值得去爱
去担忧。

{旅行癖}

信心是

最强大的铠甲

我输了很多战争

因为没有它

词语

是解药

对付

曾伤害过

休克过

打击过

我心灵的一切

{作家疗法}

BEFORE GOING AWAY
BEFORE GOING AWAY
BEFORE GOING AWAY
BEFORE GOING AWAY

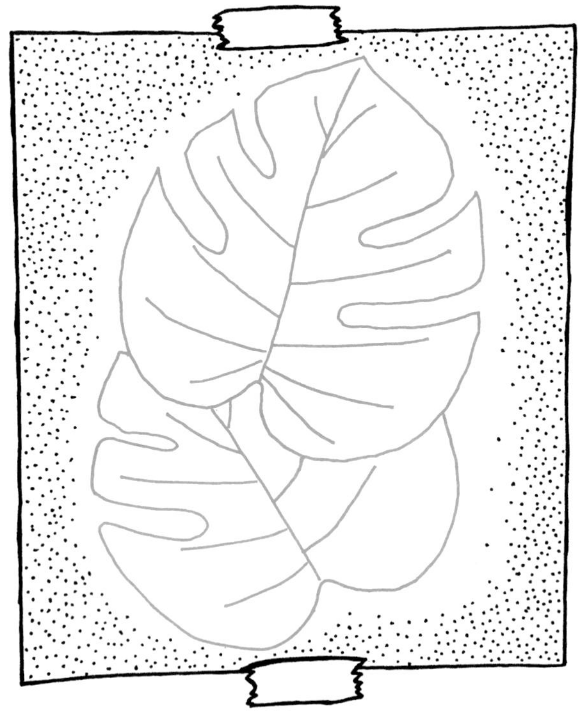

谁能想到

你

那个曾以骨头

投入战斗

在话语说出之前

就已燃烧的人

竟能够如此优雅

如此善良而勇敢

我在学习

如何用不同语言

说“坚强”

因为万一我忘了

怎么用母语念这个词

那些词

会提醒我

还有更多的

词

机会

世界

在这个我

倒塌的地方

接受改变

对于大多数人

那很少发生

THERE IS
STILL
SOME TIME

自由很昂贵，没有人会把它包在
漂亮的纸里投到你家的门廊。你
不得不去买它，以血汗
和斗争的代价。它不会闪光
像那些耀眼的东西。它常常形似挫伤的膝盖
和哀悼的皮肤。但它的珍贵之处恰恰在于
很多货币永远买不起它。这就是为什么
它变成无价之宝。

{自由}

毁灭的想法
在我的血管里奔流
而我的骨头坚守创造的意志
每天我的血液撞击着骨头
创造点什么，毁灭点什么

{艺术家的斗争}

一道闪电

劈向一栋精美的

玻璃大楼

这就是我看见的

心碎

I COULD ONLY
HEAR THE
SILENCE, YOU KNOW.

我的父母是两部长途电话
一部关于天气——永远谈天气，父亲
一部无所不谈——你该做这个
这个还有那个，母亲
千里之外我计算的不是距离而是
时长
自从上次通电话
过了几天？
几小时？
不是你走出破碎的家
是它走出了你，分崩离析
他们的名字变成“你好”，而我的名字
变成“再见”
电话里的两个声音是我
目前仅有的遗产

{破碎的家庭}

如果我们试着用那些人为心碎命名

就像新闻频道

为风暴命名那样

这颗贴满姓名标签的心看上去如何?

裂缝——死亡,祖母

大块缺失——离别,无名

还在痛的那部分——来历不明,你

我的心已变成一个寂静的街区
唯有空虚与你的名字住在那里
没有人来，没有人去
因为在一座
你唯一能呼吸的
只有记忆的城里
没有生，没有死

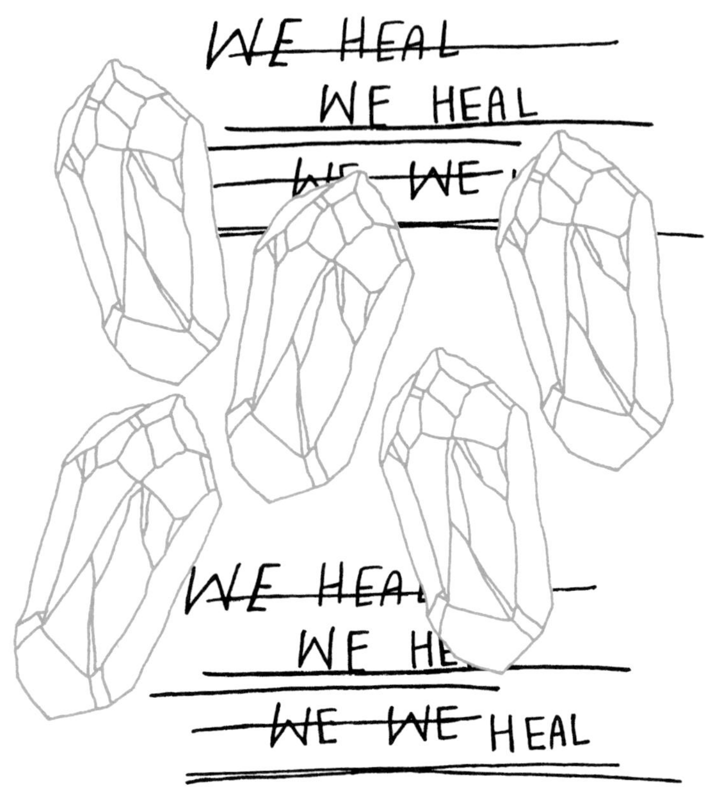
WE HEAL
WE HEAL
WE WE
WE HEAL
WE HE
WE WE HEAL

每次日落

一个新希望诞生

一个旧期待死去

你把每一个梦推向
大海
祈祷它死去，不再理你
水载着它们，呼吸并活着
你任其枯萎但枯萎的只是它们的碎片
梦会活得和做梦者一样久

幸存并不美丽

它是火、疼痛和一切伤害

合成的东西

但幸存者知道

幸存之后

一切美得多么不可思议

148

我在无名小巷漫游
用柯达相机四处拍照
我仍爱着这座城市
虽然它从未爱过我

我能修理很多东西
但不能修补一颗破碎的心
因为它太脆弱
修补它
是另一门艺术

但我希望能很快学会
眼看着我的心在变旧
在它碎成一百万片
而我被留下独自
修补之前

我在心里最黑暗的地方

种花

因为一旦光照进来

它就会知道从哪儿发芽

光，光明

我母亲给我取名
光，开启白天的第一束光
有些日子
我忘了
还有光
然后这个名字
提醒我
那个养育了我的女人
以如此辉煌的事物
为我命名，它闪耀
即使在我最黑暗的日子里
我就是我该寻找的光

{光}

谢谢你

得到

拿着

读了这本书

我很感激

读到最后一页

我希望你从这本

《昨日我是月亮》

获取了心灵和艺术的力量

{作者的话}

khatam shud

终

图书在版编目（CIP）数据

昨日我是月亮 / (巴基) 努尔·乌纳哈著绘；三书译. -- 北京：北京联合出版公司, 2021.7（2023.5重印）

ISBN 978-7-5596-5262-1

Ⅰ. ①昨… Ⅱ. ①努… ②三… Ⅲ. ①诗集－巴基斯坦－现代 Ⅳ. ①I353.25

中国版本图书馆CIP数据核字(2021)第076566号

昨日我是月亮

［巴基斯坦］努尔·乌纳哈 著绘　三书 译

策　　划：乐府文化
出 品 人：赵红仕
责任编辑：郭佳佳
特约编辑：张天宁
书籍设计：高　熹

北京联合出版公司出版
（北京市西城区德外大街83号楼9层 100088）
北京联合天畅文化传播公司发行
北京美图印务有限公司印制　　新华书店经销
字数10千　880mm × 1230mm　1/32　5印张
2021年7月第1版　2023年5月第2次印刷
ISBN 978-7-5596-5262-1
定价：49.00元
